A CADEIRA DE BALANÇO

Edgar J. Hyde

Ciranda Cultural

A CADEIRA DE BALANÇO

Edgar J. Hyde

Dados Internacionais de Catalogação na Publicação (CIP)
(Câmara Brasileira do Livro, SP, Brasil)

Hyde, Edgar J.
A cadeira de balanço / Edgar J. Hyde ; [tradução Silvio Antunha]. – Barueri, SP : Ciranda Cultural, 2015. – (Hora do espanto)

Título original: The rocking chair.
1ª impr.
ISBN 978-85-380-6338-4

1. Ficção juvenil I. Título. II. Série.

15-02261 CDD-028.5

Índices para catálogo sistemático:

1. Ficção : Literatura juvenil 028.5

Título original: *The Rocking Chair*

Tradução: Silvio Antunha

1ª Edição
www.cirandacultural.com.br

Sumário

Capítulo 1 7
Capítulo 2 17
Capítulo 3 25
Capítulo 4 35
Capítulo 5 45
Capítulo 6 55
Capítulo 7 61
Capítulo 8 69
Capítulo 9 77
Capítulo 10 89
Capítulo 11 97

Capítulo 1

Gerry virou-se e olhou em direção à janela de seu quarto. As cortinas estavam menores, porque sua mãe decidiu lavá-las na máquina, em vez de levá-las à lavanderia, como normalmente fazia. O forte feixe de luz amarela do poste brilhava de maneira irritante através do espaço que agora existia entre as duas cortinas, iluminando o canto oposto ao da cama de Gerry. Exatamente o canto onde estava o alienígena inflável, que vigiava o quarto com seus olhos malignos. Gerry tinha adorado o alienígena na loja. Achou que seria ótimo para assustar sua irmã caçula. Ela se assustava com absolutamente tudo. Mas agora aquilo também lhe causava arrepios, principalmente naquela noite, com aquele estranho brilho amarelo. Parecia que a qualquer momento ele levantaria do chão, saltaria na cama e explodiria Gerry com um raio laser lançado de seus olhos.

Gerry puxou a coberta para cobrir a cabeça, virou-se e tentou pensar em outras coisas: no time de futebol, no gol marcado na última semana, na menina nova que tinha acabado de se mudar para a rua (ele fingia ignorá-la, mas dava um jeito de passar pela casa dela pelo menos seis vezes por dia). Era inútil. Gerry sentia o olhar vigilante do alienígena atravessar a coberta e penetrar em suas costas. Ele tirou a coberta lentamente, esperando ver o alienígena bem perto dele, pronto para atacar. Olhou para o canto. Nada! O alienígena tinha sumido! O coração de Gerry começou a disparar.

Gerry levantou a cabeça devagar e olhou ao redor, tentando encontrar o horripilante saco de ar quente, que agora ameaçava sua vida. Gerry puxou a coberta e colocou os pés no chão, olhando as cortinas do quarto, que estavam balançando de um jeito estranho para a frente e para trás.

"Então aí está você!" – pensou. Ele começou a planejar como levaria a melhor sobre seu inimigo extraterrestre. Aquele pedaço de plástico não o derrotaria de jeito nenhum. Afinal de contas, foi ele que passou meia hora enchendo a criatura de ar, depois que o pai ignorou seu pedido para fazer isso por ele.

Gerry levantou-se e estendeu a mão para puxar um dardo do alvo pendurado em cima da cama.

"Isso vai dar um jeito em você" – Gerry pensou, olhando para a janela novamente. As cortinas continuavam balançando devagar. Gerry não era muito bom com dardos. Os buracos na parede ao redor do alvo eram a prova disso. As cortinas èstavam muito longe dele, e ele mal conseguia acertar o alvo a uma distância bem menor que essa. Ele precisava se aproximar, mas não tinha muito tempo. Tinha certeza de que, se ele começasse a andar em direção à janela, o alienígena o atingiria como um raio, e tudo estaria perdido. Ele decidiu que daria dois passos rápidos, levaria o braço para trás e lançaria o dardo fatal, tudo em um só movimento.

Gerry respirou fundo, concentrando-se para o desafio. Tinha certeza de que só teria uma chance. Se errasse, ele estaria perdido, e sua família seria a próxima. Ele precisava conseguir, precisava acertar. Mas suas pernas pareciam pregadas no chão.

"Vamos, Gerry, acalme-se. Você consegue" – ele pensou, tentando criar coragem.

Ele pulou para a frente, levantou o braço e caiu, com um baque, em cima de algo que estava no chão, com as pernas enroscadas em um obstáculo desconhecido. O dardo voou alto e acertou o olho direito de Gerry em uma foto pendurada na parede.

Gerry ficou no chão. Virou a cabeça e deu de cara com o olhar penetrante e familiar de seu inimigo inflado, que estava mais sem vida do que nunca. A coisa inútil tinha apenas escorregado inofensivamente no chão. Gerry olhou para as cortinas. Ele podia sentir a brisa entrando no quarto através da janela ligeiramente aberta, fazendo as cortinas balançarem de um lado para o outro.

"Mas que idiota!" – Gerry pensou conforme se levantava. – De manhã, meu inimigo alienígena, você vai para o lixo – ele murmurou enquanto pegava a criatura cinza e a colocava de volta no canto do quarto.

A Cadeira de Balanço

Ele olhou para aquilo mais uma vez. A sombra amarelada da luz da rua ameaçava criar novamente um clima sinistro.

Gerry foi até a janela, agarrou e puxou as duas cortinas, tentando bloquear a luz. Mas, por mais que tentasse, ele não conseguia fechá-las completamente. Era inútil. Elas estavam pequenas demais. Sua mãe as havia arruinado. Gerry olhou para a desagradável lâmpada da rua e imaginou se alguém perceberia se ele atirasse uma pedra nela de manhã, dando um fim a seu sofrimento. "Talvez não seja uma ideia tão boa" – ele pensou, lembrando que tinha acabado de se livrar de seu último castigo por ter arranhado o carro novo do pai, graças à sua bicicleta, que não parou a tempo durante uma corrida com seu vizinho Stevie.

Gerry olhou pela janela. A lâmpada iluminava a rua inteira com um estranho brilho amarelado. O carro do pai estava na frente da casa. O pai havia parado o carro ali por puro orgulho, pois era um dos primeiros automóveis da vizinhança. Gerry olhou para o outro lado da rua, onde sua irmã tinha marcado com giz o nome de todos os amigos. Ele só conseguia distinguir Sally James, a garota da casa número 14. Gerry olhou para o outro lado. A casa do outro lado da rua estava vazia desde que sua família tinha se mudado. Estava péssima, praticamente caindo aos pedaços. A mãe tinha avisado Gerry e a irmã para ficarem longe dali, e eles já tinham ouvido histórias de todo tipo a respeito do lugar. Gerry olhou com atenção. Alguma coisa parecia estar se mexendo. Ele abriu mais as cortinas e colou o rosto na janela. Definitivamente, alguma coisa se mexia. Gerry forçou os olhos, a claridade da lâmpada da rua mal chegava até a frente da casa do outro lado.

Aos poucos, Gerry começou a enxergar melhor. Na varanda da velha casa abandonada, ele conseguia ver claramente um senhor balançando para a frente e para trás, sentado numa cadeira de balanço. Gerry olhou para o relógio da cabeceira. Eram duas da manhã. O que estava acontecendo? Ele olhou bem, tentando descobrir quem seria aquele senhor. Então, de repente, viu o velho se virar e olhar diretamente para a janela dele. Um sorriso estranho surgiu no rosto daquele senhor de idade, um sorriso que fez Gerry paralisar. O velho olhava fixamente, e seus olhos estreitos penetravam a penumbra.

Pela segunda vez naquela noite, as pernas de Gerry congelaram. Ele não conseguia desviar o olhar daquela figura que o encarava. De repente, o velho ergueu a mão e começou a acenar como se chamasse Gerry para ir ao encontro dele. O braço do velho parecia se esticar, tornando-se cada vez maior e aproximando-se cada vez mais de Gerry, até que ele teve a impressão de que a mão enrugada estava a apenas alguns centímetros da janela do seu quarto. Gerry sentiu que cambaleava para trás e caía, caía... Seus lábios mal conseguiam pronunciar: "Pai... pai... pai!".

– Gerry... Gerry, acorde! Está tudo bem, filho. Foi só um pesadelo. Não se preocupe.

Gerry abriu os olhos e viu o pai inclinado sobre ele, segurando seus ombros com força, tentando consolá-lo.

– Está tudo bem, filho. Acalme-se. Você estava sonhando – disse o senhor Tooms baixinho, tentando acalmar o filho, que tremia.

Gerry olhou ao redor. Estava deitado em sua cama. A enorme figura do pai ocupava quase todo o seu campo de visão.

– Mas que barulho você fez, filho... Como se tivesse visto um fantasma! Volte a dormir agora, você vai ficar bem – completou o senhor Tooms, levantando-se e dirigindo-se à porta do quarto.

– Eu disse que o alienígena era uma má ideia. Isso vai lhe servir de lição – o senhor Tooms brincou ao fechar a porta. – Durma bem, filho.

Gerry esperou um momento e saiu da cama, olhou de relance para o amigo extraterrestre cinza que estava no canto e foi até a janela do quarto. Olhou para a velha casa do outro lado da rua. A varanda estava vazia. Nenhuma cadeira de balanço, nenhum velho. Ele balançou a cabeça.

"Mas que noite!" – pensou. – De manhã, você vai definitivamente para o lixo – ele sussurrou enquanto batia na cabeça do inocente alienígena e voltava para a cama.

Quando Gerry fechou os olhos, rindo de sua estupidez, ele não percebeu a sombra que balançava na parede de seu quarto... A sombra inconfundível de uma cadeira de balanço!

Capítulo 2

– Vamos, Gerry, vai ser divertido. Ninguém vai descobrir. Sua mãe está fazendo compras com a sua irmã, e seu pai não vai chegar tão cedo em casa.

Stevie Murphy era o melhor amigo de Gerry e morava no número 22, na casa ao lado. Ele sempre aprontava e colocava Gerry em apuros. Foi Stevie quem soltou uma bomba de fedor na escola no ano anterior, fazendo todo o segundo andar ser evacuado. Foi Stevie quem jogou a mochila da irmã de Gerry num ônibus que estava passando. Eles demoraram três dias para pegar a mochila de volta na empresa de ônibus. A mãe de Gerry não achou graça nenhuma.

– Vamos, Gerry! – Stevie gritou enquanto os dois subiam a rua em direção a suas casas.

– Nunca fomos lá. Vamos explorar – ele continuou, atravessando a rua e indo para o número

19, a velha casa abandonada que ficava em frente à deles.

– Se formos pegos, vamos nos dar mal dessa vez, Stevie – Gerry retrucou, tentando fazer o amigo desistir.

Os dois garotos ficaram parados do lado de fora da velha construção em ruínas, olhando pelas janelas quebradas e sujas, tentando criar coragem. Gerry não pensou mais no sonho da semana anterior. Seu pai disse que ele sempre falava dormindo e também que era propenso a eventuais episódios de sonambulismo. Com o tempo, isso acabaria, foi o que lhe disseram.

Gerry tinha mais medo de ver o rosto de sua mãe do que o de um homem velho imaginário.

– Então vamos, depressa. Vamos dar a volta pela lateral, para ficarmos fora de vista. Entraremos por ali – Gerry disse pouco antes de pular a frágil cerca do jardim e entrar pela lateral da casa.

Na parte do fundo, o jardim estava completamente coberto pelo mato. A grama estava quase da altura dos meninos. Ao lado da casa, havia um barracão velho e uma calha antiga caída.

A Cadeira de Balanço

– Stevie, por aqui – Gerry já tinha começado a escalar a calha na parede e estava quase no telhado do barracão. Dali, Gerry podia alcançar uma janela na lateral da casa, há muito tempo sem vidro, por causa dos inúmeros "mísseis" atirados pelos meninos da rua.

Em poucos segundos, os garotos estavam dentro da casa.

– Mas que cheiro! – Stevie cochichou, tampando o nariz.

– Isso me lembra as suas famosas bombas de fedor, Stevie – Gerry retrucou, socando o braço do amigo.

Os meninos olharam ao redor para a estrutura vazia da casa.

– Dê uma olhada aqui. Vou para o andar de baixo. Avise se descobrir algo – Gerry orientou, indo para a escada.

Gerry desceu os degraus. A disposição da casa parecia exatamente igual à da sua própria casa. Ele atravessou a cozinha e foi para a sala de jantar adjacente. Nada. O lugar estava completamente vazio. De lá, ele voltou pelo corredor e foi até a sala de estar, na frente. Então, caminhou até a grande janela que dava acesso à varanda. Ele queria saber se ainda não havia nenhum sinal de sua mãe. Ela podia chegar em casa a qualquer momento.

Aproximou-se da janela e, com a manga da blusa, limpou um pouco da sujeira acumulada ali. Sua mãe o mataria quando visse a cor daquilo. Ele encostou o rosto na janela. Mas não viu nada além de uma nuca.

– Stevie, como chegou aí? – Gerry gritou, batendo na janela. – Stevie, volte aqui! Minha mãe vai chegar a qualquer momento. Ela vai ver você.

Mas não houve resposta. Gerry olhou com mais atenção. Limpou um pouco mais a sujeira da janela. Estava começando a ter aquela "sensação" de novo. Aquela em que suas pernas ficavam bambas e ele ficava preso no chão.

Stevie não tinha cabelo grisalho. Nem usava um casaco velho de lã cinza.

"Essa não!" – Gerry pensou.

Lentamente, a cabeça virou. Ele começou a reconhecer o rosto do velho da semana anterior. O homem sorriu para ele. Gerry cambaleou para trás. Saiu da sala pelo corredor e subiu a escada, pulando vários degraus.

No andar de cima, Gerry esbarrou em Stevie, que estava saindo de um quarto. Os dois caíram no chão.

– Mas o que... – Stevie resmungou, deitado de costas no chão.

– Vamos dar o fora daqui agora! Eu disse AGORA! – Gerry gritou, puxando o amigo.

Em segundos, eles estavam no telhado do barracão. Desceram rapidamente pela calha e dispararam rua abaixo, rumo à casa de Gerry. Os dois não pararam até chegarem ao quarto de Gerry.

– O que deu em você, seu maluco? – Stevie falou, com dificuldade para recuperar o fôlego – Não há nem sinal de sua mãe por perto.

Gerry hesitou. Não podia contar a Stevie o que tinha visto. O amigo iria rir dele.

– Aquele lugar só me deu arrepios. De qualquer forma, estava chato. Venha, vamos jogar futebol no parque – Gerry disse, tentando parecer o mais calmo e sereno possível.

Os garotos desceram a rua em direção ao parque, e a mente de Gerry não parou nem por um instante. O que estava acontecendo? Será que estava ficando louco? Ele não conseguiu resistir, tinha que dar uma última olhada. Espiou ao redor. Lá estava o velho. Acenando. Balançando para a frente e para trás em sua cadeira de balanço, com um sorriso estranho e desconcertante.

– Vamos, Stevie... O último a chegar é uma garotinha! – Gerry gritou, nervoso, enquanto escapava em alta velocidade, vários metros à frente do amigo desavisado.

Naquela noite, Gerry não conseguiu dormir. Da cama, ele olhava em direção à janela, mas não tinha coragem suficiente para ir até lá e espiar novamente. Mais cedo, quando estava voltando do parque, pensou em mostrar a Stevie o que tinha visto. Mas, quando ele chegou em casa e olhou para a casa abandonada, não havia nada lá. O velho tinha desaparecido de novo.

Gerry olhou mais uma vez para a janela.

"Isso é loucura" – ele pensou. "Deve existir alguma explicação para isso."

Ele puxou a coberta de lado e lentamente caminhou até a janela. Sem tocar nas cortinas, ele se inclinou e olhou através do espaço. Lá estava o velho, já olhando para cima, acenando. Gerry recuou, fechou os olhos e balançou a cabeça. Foi para a frente e olhou de novo. O velho ainda estava lá, mas agora estava sentado, lendo jornal, ainda balançando para a frente e para trás. Por alguma razão, Gerry se sentiu menos ameaçado. Talvez porque não podia mais ver o rosto do velho, escondido atrás do jornal aberto. Estranhamente, embora a luz da varanda fosse muito fraca, Gerry podia ver a capa do jornal com nitidez. As palavras pareciam ter um estranho poder luminoso que penetrava na escuridão da noite.

Era como se a manchete do jornal tivesse algum tipo de mensagem para Gerry, que começou a cochichar as palavras.

– "Acidente com ônibus escolar. Cinco feridos."

O velho abaixou o jornal e olhou em direção à janela de Gerry, com o mesmo sorriso bizarro estampado no rosto. Então, ele ergueu a mão e começou a acenar. Por algum motivo, Gerry se sentiu menos ameaçado, menos assustado. Enquanto ele olhava para a casa, a imagem do velho começou a sumir diante de seus olhos. Em pouco tempo, ele desapareceu. A varanda ficou vazia. Gerry continuou a olhar para fora por mais algum tempo, mas nada mudou.

Gerry virou-se e voltou para a cama, repetindo a manchete do jornal várias vezes em sua cabeça, até não aguentar mais e adormecer.

– Acidente com ônibus escolar. Cinco feridos... Acidente com ônibus escolar. Cinco feridos... Acidente com ônibus escolar. Cinco feridos... Acidente com ônibus escolar. Cinco feridos...

Capítulo 3

Quatro dias se passaram desde que Gerry viu o velho na varanda pela última vez. Desde então, ele não conseguiu dormir direito, levantando-se seis ou sete vezes à noite para olhar a velha casa do outro lado da rua. Ele não viu nada, nenhuma vez. Estava começando a achar que tudo não havia passado de um pesadelo, ou pior, que algum velho vagabundo tinha usado o lugar como abrigo temporário.

Gerry olhou para o relógio na parede da sala de aula: três e quarenta e cinco da tarde. Faltavam 15 minutos para ir embora. Treino de futebol à noite. Ótimo. Ele tinha sido selecionado de novo para o time principal e estava ansioso para o grande jogo da Copa no sábado.

Por fim, o sinal tocou, e a correria louca e caótica começou.

– Não corram. Devagar! – a professora Martin gritava em vão, sacudindo a cabeça.

Gerry começou a correr e viu sua irmã, Susie. Ao passar por ela, ele conseguiu puxar seu cabelo, derrubar a mochila do ombro dela e fazê-la tropeçar, tudo no mesmo movimento habilidoso, uma manobra muito bem treinada.

– Até mais tarde, irmãzinha. Avise a mamãe que vou chegar tarde em casa depois do futebol – Gerry gritou. Então, ele desapareceu correndo e driblando como se estivesse numa partida de futebol.

Susie se recuperou e pensou em ir atrás dele, mas ele já tinha ido embora.

– Tudo bem, vou avisar a mamãe. Vou contar que você é um idiota! – ela murmurou.

Gerry marcou dois gols, mas conseguiu perder três pênaltis durante o treino. Ou seja, se o jogo da Copa fosse para os pênaltis, ele sabia que seus serviços não seriam solicitados.

– Mas o goleiro se mexeu – Gerry reclamou para o técnico.

– O que você queria que ele fizesse? Que ficasse parado, deixando você marcar no canto, filho?

– o professor Andrews retrucou, sorrindo para ele. – Mais treino, Gerry, concentre-se na bola.

Gerry e Stevie subiram a rua em direção às suas casas, relembrando as boas jogadas, as faltas e os gols da noite. Gerry olhou para a velha casa abandonada. Nada, ainda bem. Ele sorriu.

– Até amanhã, Gerry. Lembre-se: cabeça fria... – Stevie cutucou.

– Até mais, Stevie. Não esquenta, tomar sete gols não é tão ruim! – Gerry brincou, empurrando o amigo para longe, de brincadeira.

Gerry abriu o portão da frente e entrou. Olhou para a casa. Estranhamente, tudo estava na mais completa escuridão. Aonde todos tinham ido? Ele olhou para o relógio: seis e meia da tarde. Todos deveriam estar lá. O pai normalmente chegava em casa às seis. A aula de música da Susie era na terça-feira. Então, todos deveriam estar em casa.

– Olá... Tem alguém aí? – ele gritou, em vão. Ninguém respondeu. A casa estava vazia.

– Aaah... Mas que droga! – Gerry murmurou. Ele sabia o que aconteceria agora. Os pais ainda não tinham lhe dado uma cópia da chave. Ele teria que ficar sentado nos degraus da varanda até alguém chegar em casa.

"Mas aonde eles foram?" – ele pensou.

Estava faminto. Sua mãe sabia que ele sempre chegava com fome depois do treino.

– Que droga! – ele gritou, sentando-se no degrau mais alto e pegando uma revista de futebol na mochila.

Gerry não teve que esperar muito. Cerca de cinco minutos depois, ele ouviu o ruído familiar do carro do pai subindo a rua. Levantou-se, determinado a demonstrar o pior humor possível. Exibiu sua melhor cara de irritação.

Porém, assim que ele viu sua mãe sair do carro, a expressão em seu rosto mudou. Ele sabia que algo estava errado.

A mãe carregava Susie no colo, enrolada num cobertor. Com certeza, as duas tinham chorado. O senhor Tooms, pai de Gerry, parecia sério. Ele abriu o portão e todos entraram. O pai notou o filho em pé nos degraus da varanda e percebeu o olhar de preocupação em seu rosto.

– Está tudo bem, filho. Ela vai ficar bem. Ela só passou por um choque desagradável. Todos nós passamos... – o senhor Tooms declarou, em tom solene.

– Mas o que aconteceu? – Gerry indagou, enquanto eles caminhavam até a porta.

– Claro, você não ficou sabendo por causa do treino de futebol. Foi terrível, meu filho. O ônibus escolar bateu num caminhão quando sua irmã estava voltando para casa. Foi um acidente feio. A Susie está bem, mas cinco colegas da classe dela vão passar a noite no hospital. Eles tiveram sorte. Poderia ter sido muito pior – o senhor Tooms explicou, abrindo a porta.

As palavras atingiram Gerry imediatamente. Ele virou-se e olhou para a varanda em frente. Lá estava o velho, balançando para a frente e para trás, sorrindo. Gerry ficou com a garganta seca.

– Pai, pai... – ele começou. Mas o senhor Tooms tinha seguido com a mulher e a filha para dentro. Num instante, o velho tinha desaparecido, e a varanda estava vazia.

As palavras estavam nítidas na cabeça de Gerry: "Acidente com ônibus escolar. Cinco feridos". A imagem da manchete do jornal ardia em sua cabeça.

"Será que foi coincidência?" – Gerry pensou, tentando encontrar algum sentido para a situação. A mãe e o pai estavam muito preocupados com Susie para ouvirem qualquer história esquisita dele. Sem chance de contar a eles o que tinha visto, ou o que achava que tinha visto. Eles diriam que era loucura. Ele entrou e resolveu pensar nisso mais tarde. Seu estômago ainda implorava por comida e, naquele momento, falava mais alto que as preocupações em sua mente.

Gerry ficou na janela de seu quarto e olhou para o outro lado da rua. Era a terceira vez que ele acordava. Ele não conseguia tirar a manchete do jornal da cabeça. Olhou de novo. Lá estava o homem, finalmente. A cadeira lentamente balançava para a frente e para trás. O velho olhou para cima e sorriu. Então, recostou-se e levantou o jornal de novo. Como antes, as palavras na primeira página pareciam penetrar a escuridão e eram tão claras como se fossem luzes de neon.

– "Vitória da escola local na Copa: 5 a 4 na cobrança de pênaltis" – Gerry leu.

Embaixo da manchete, havia uma foto que Gerry conseguiu enxergar. Era de um time de futebol. Gerry conseguia distinguir as familiares camisas listradas em preto e branco. Era o time dele!

A imagem do velho começou a sumir. Antes de desaparecer, ele deu um último sorriso para Gerry.

– Isso é loucura! – Gerry falou em voz alta. Mas seus pensamentos imediatamente se voltaram para o sábado, dia da grande partida da Copa contra o time da cidade vizinha. Sua escola não tinha vencido ainda. A partida era sempre arrasadora.

– Não... Isso é impossível! – ele cochichou enquanto voltava para a cama. – Impossível...

O sábado demorou para chegar. A escola inteira estava animada, e os meninos foram dispensados da aula para treinarem para a grande partida. Gerry não conseguia decidir se contava para Stevie ou não. Como ele poderia dizer que recebeu uma mensagem de que sua escola iria vencer um time invicto há 25 anos? Ridículo. Como ele explicaria a mensagem recebida?

Por fim, o grande dia chegou. Gerry parou no meio de campo. Parecia que toda a escola estava lá. O barulho era tremendo. Gerry olhou para Stevie no gol.

– Três já são o suficiente, Gerry. Você consegue! – Stevie gritou para o amigo, com as mãos em forma de megafone ao redor da boca.

O jogo pareceu passar num piscar de olhos. Ataque depois de ataque e defesa depois de defesa. Mas o segundo tempo acabou e ninguém marcou. Começou a prorrogação. Todos foram ficando cada vez mais nervosos e não demorou para o juiz apitar o final do jogo. Pênaltis.

Um a um, os pênaltis foram cobrados, até que o placar ficou 4 a 4. Ninguém tinha errado. O centroavante do time adversário se posicionou, colocou a bola na marca e recuou alguns passos. Stevie agachou, balançando o corpo de um lado para o outro. O grande número 9 correu para a frente e bateu a bola à esquerda de Stevie. O resto do time observava do meio de campo. Tudo parecia estar em câmara lenta. Stevie esticou o corpo e o braço para a esquerda. A bola estava indo para o canto inferior.

Parecia um gol certo, até que Stevie bloqueou a passagem da bola e a desviou para a trave. A torcida foi à loucura... Aplausos, gritaria e, logo em seguida, silêncio. Havia mais um pênalti a ser cobrado. Parecia que todos estavam prendendo a respiração.

O professor Andrews caminhou até Gerry e deu um tapinha no ombro dele.

– Sua vez, filho. Dê o melhor de si.

– Mas, mas... – Gerry balbuciou.

– Basta manter a cabeça fria... Você consegue! – o professor Andrews incentivou, empurrando Gerry para a frente.

Gerry pegou a bola e seguiu para a grande área. A caminhada do meio de campo até a grande área durou uma eternidade. As pernas dele pareciam gelatina.

"Por que eu?" – ele pensou.

Ele sabia o que o jornal do velho tinha dito, mas não levava jeito nos pênaltis.

Gerry posicionou a bola, recuou, respirou fundo, correu para a frente, fechou os olhos e chutou. Um segundo depois, o barulho era ensurdecedor. Quando ele abriu os olhos, o goleiro estava estatelado no chão, e a bola, no fundo da rede: 5 a 4. Eles tinham conseguido!

Enquanto Gerry era carregado nos ombros pelos companheiros de time, ele pensava no velho da varanda. Tudo aquilo era muito estranho, muito estranho...

Capítulo 4

Nas semanas seguintes, Gerry viu o velho mais quatro vezes. Toda vez, o velho levantava o jornal e mostrava uma manchete diferente a Gerry, e todas as vezes, poucos dias depois, a manchete se tornava verdade.

Primeiro, aconteceu um incêndio na fazenda dos Beacons. Depois, uma senhora da rua de baixo caiu misteriosamente da escada e morreu. Em seguida, houve um estranho relato de barulhos fantasmagóricos no salão da igreja. E o último incidente foi o de um homem que tinha sido confrontado por alguns "seres" no caminho para casa, tarde da noite. Ele estava muito assustado, mas ninguém acreditou nele. Todos acharam que ele provavelmente tinha parado em algum boteco no meio do caminho.

Todos esses fatos tinham sido manchetes no jornal do velho da varanda, alguns dias antes de acontecerem e de serem publicadas no jornal local, exatamente com as mesmas palavras do jornal do velho.

Gerry não podia mais guardar essas informações para si. Mas, sem provas, ninguém acreditaria na história dele. Ele achou melhor esperar até ver outra manchete do velho. Então, ele contaria ao editor do jornal local, e, quando a manchete se tornasse verdade, todos entenderiam os estranhos poderes do velho da casa do outro lado da rua.

Gerry não teve que esperar muito pela próxima notícia. Logo na noite seguinte, ao espiar pela janela do quarto, ele viu a imagem do velho aparecer. O velho olhou para cima, diretamente para Gerry. Era como se ele pudesse ler a mente de Gerry. O velho não estava sorrindo desta vez. Ele começou a sacudir a cabeça. Gerry se perguntou por que o velho estava agindo de modo diferente.

O velho levantou o jornal de novo e revelou a manchete para Gerry. Mais uma vez, as palavras eram claras: "Relógio da cidade atingido por raio à meia-noite de domingo".

A mensagem era óbvia. No dia seguinte, depois da escola, ele foi direto para o escritório do jornal local, Notícias da Semana. O editor concordou em vê-lo. Gerry não contou ao editor nada a respeito do velho, mas explicou que estava convencido de que tinha um jeito de prever o futuro. O editor ouviu o garoto e educadamente sugeriu que ele contasse a seus pais sobre esse "dom" único. Gerry insistiu e, no final, o editor concordou em colocar um fotógrafo de plantão no domingo à noite para registrar a queda do raio, caso isso viesse a acontecer. O editor pediu que Gerry fosse para casa e voltasse a vê-lo na segunda-feira. Até lá, eles saberiam se alguma coisa havia acontecido.

Na noite de domingo, Gerry não conseguia dormir. Silenciosamente, ele se trocou, desceu a escada e saiu pela porta da frente. Tinha que ver aquilo pessoalmente. Caminhou depressa até a praça da cidade. Ele viu o fotógrafo montando seu equipamento na praça. Era uma noite fria e ele podia ouvir o fotógrafo resmungar, obviamente descontente por ter sido escalado para o que ele achava que seria uma roubada. Gerry caminhou na direção dele.

– Olá! – Gerry cochichou.

– Minha nossa! Que susto! – o fotógrafo balbuciou, obviamente assustado com a abordagem de Gerry. – O que está fazendo aqui? O que você quer?

– Estou aqui para ver o raio – Gerry respondeu, sorrindo.

– Como você sabe sobre o... – o fotógrafo hesitou, mas depois continuou. – Aahh! Você deve ser o garoto que me colocou nessa furada. Veio ver pessoalmente como é idiota. Veja... Não tem nenhuma nuvem no céu! Não vai cair nenhum raio de lá! – o fotógrafo disse, acenando com a cabeça para o céu.

Gerry olhou para o céu, completamente limpo. Pela primeira vez, ele começou a se preocupar a respeito de sua previsão. Com certeza, o velho não o deixaria na mão. Olhou para o relógio. Faltavam dez minutos.

Os minutos passaram lentamente, e então Gerry observou a mão pronta para clicar. Meia-noite. Nada. Nem raio, nem trovão, nenhum indício de nada. Gerry e o fotógrafo se entreolharam e olharam para o céu. Nada. Os dois esperaram. Até que, depois de uns 20 minutos, o fotógrafo falou:

– Vá para casa agora. Tire essas ideias loucas da cabeça, antes que você se torne motivo de chacota.

O fotógrafo guardou o equipamento e foi embora. Gerry voltou para casa. Estava confuso. Era a primeira vez que a manchete do velho estava errada. Por quê? Por que tudo deu errado? Ninguém acreditaria nele agora.

Quando chegou à rua onde morava, ele olhou para a velha casa abandonada. A varanda estava vazia. Por que o velho tinha deixado Gerry na mão dessa vez? Ele então lembrou do velho sacudindo a cabeça. Será que ele estava avisando que dessa vez a manchete não era verdade? E por que ele mostrou a manchete assim mesmo? Então, Gerry matou a charada: foi a primeira vez que ele tentou contar a alguém. Ele não tinha contado a ninguém sobre as outras manchetes.

Mas, se ele não podia contar a ninguém sobre as manchetes, como ele faria alguém acreditar nele? Seria impossível.

Gerry se arrastou de volta para casa e caiu na cama. O que faria agora? Ele virou e revirou na cama, depois teve uma ideia. Poderia dar certo. Da próxima vez que o velho lhe mostrasse uma manchete, ele não diria nada a ninguém. Na vez seguinte, contaria a Stevie. Se a primeira acontecesse e a segunda não, ele saberia que estava preso sozinho nesse pesadelo, incapaz de fazer alguém acreditar nele.

Na noite seguinte, o velho estava lá na cadeira de balanço, na varanda em frente. Ele segurava o jornal.

"Trem local descarrila. Estranho fluido verde encontrado nos trilhos."

Gerry ficou preocupado. Muitas pessoas poderiam ficar feridas. Mas o que ele podia fazer? Se ele contasse a alguém, ninguém acreditaria nele, e o fato provavelmente não aconteceria. Mas em que situação ele estava!

Gerry passou os dias seguintes nervoso, assistindo aos noticiários. Então, aconteceu. O programa de TV que ele e a irmã estavam vendo foi interrompido pelo Plantão de Notícias.

O apresentador anunciou solenemente:

– Interrompemos a nossa programação para informar sobre um grave acidente de trem nos arredores da vila de Carswell. Várias pessoas ficaram gravemente feridas. A causa do acidente é desconhecida até o momento. Mais notícias em breve.

Na manhã seguinte, Gerry pegou o jornal local assim que foi entregue.

"Trem local descarrila. Estranho fluido verde encontrado nos trilhos". Lá estava. Exatamente como estava escrito no jornal do velho. A teoria dele parecia certa até então.

Alguns dias depois, o velho apareceu de novo. Desta vez, a manchete dizia:

"Professor gravemente queimado em incêndio misterioso". Embaixo da manchete, uma foto de Andrews, o professor de Educação Física da escola.

No dia seguinte, assim que viu Stevie, Gerry contou ao amigo que acreditava que podia prever o futuro. Mais uma vez, não mencionou nada sobre o velho. Ele sabia que corria o risco de parecer um completo idiota para seu melhor amigo, mas não tinha escolha. Se ele estivesse certo, nada aconteceria ao professor Andrews, porque Gerry teria contado a Stevie. Gerry pareceria maluco, mas pelo menos o professor Andrews estaria seguro e sua teoria estaria comprovada.

Gerry disse para Stevie que o professor Andrews ficaria gravemente ferido num incêndio e contou que estava convencido de que isso aconteceria nos próximos dias. Stevie, claro, pensou que Gerry estivesse falando bobagem e apenas riu da história. Mas Stevie não queria ferir demais os sentimentos de seu melhor amigo, por isso não disse nada a ninguém.

Os dias se passavam e o professor Andrews ia ao trabalho normalmente dia após dia, são e salvo e sem ferimentos. Depois de uma semana, Gerry estava convencido. As manchetes do velho só se tornavam verdade se continuassem em segredo. Se alguém mais soubesse, elas simplesmente não aconteciam. Stevie não disse mais nada ao melhor amigo. Se ele queria agir como louco, era problema dele.

Gerry voltou a seu quarto naquele dia. Quando escureceu, ele foi até a janela. O velho estava sentado na varanda, balançando. Desta vez não havia jornal. O velho apenas olhou para cima e sorriu. Em seguida, sumiu.

– E agora? – Gerry perguntou a si mesmo. Ele não precisaria esperar muito para descobrir.

Capítulo 5

– Susie, quer abaixar isso, por favor? Mas que barulho! – Gerry gritou. – Estou tentando fazer a lição de casa!

– Não! Faça a sua lição de casa no andar de baixo – Susie gritou de volta, petulante.

– Mãe, fala para ela parar? – Gerry gritou, indo até o alto da escada.

– Vocês dois, parem de gritar! Minha nossa, eu só queria um pouco de paz e sossego! – a senhora Tooms respondeu, quase quebrando a barreira do som.

Gerry e Susie reconheceram o tom de voz estressado e cada um voltou para seu quarto e fechou a porta.

A senhora Tooms voltou para a sala de estar, mas, antes que conseguisse sentar e pegar o jornal de novo, a campainha tocou.

– Que droga! Não posso ter um momento de paz? – ela murmurou, indo para a porta da frente.

– Em que posso ajudar? – a senhora Tooms perguntou, exibindo seu melhor sorriso de boas-vindas.

– Senhora Tooms? – o visitante perguntou de volta.

– Sim, sou eu. O que deseja? – ela retrucou.

O visitante tirou o crachá de identificação do bolso e mostrou a ela.

– Zebediah Moot, do Notícias da Semana. Gostaria de falar com o seu filho, se possível.

A senhora Tooms olhou para o crachá de identificação e depois para o homem à porta. Ela sorriu, pois se lembrava das fotos de Gerry publicadas algumas semanas antes. Seu filho havia se tornado um herói local depois da cobrança daquele pênalti.

– Vou chamá-lo. Aguarde um momento, por favor – ela disse.

Ela se afastou e começou a se sentir uma celebridade.

A senhora Tooms subiu os degraus e abriu a porta do quarto do filho.

– Gerry, Gerry, desça, o jornal local quer falar com você. Isso é tão emocionante! – disse ela, um pouco agitada.

Gerry olhou para a mãe, intrigado.

– O que eles querem? – ele perguntou.

– Como vou saber? Provavelmente algo sobre a partida de futebol. Vamos, depressa, o homem está esperando – a senhora Tooms disse, empurrando-o para fora do quarto.

Gerry desceu a escada e foi para a sala de estar, seguindo a mãe. Olhou para o visitante, que estava parado olhando pela janela. Lentamente, o homem virou-se.

– Olá, Gerry! – ele disse, sorrindo.

Gerry congelou. Seu queixo quase caiu. O mesmo cabelo grisalho, o mesmo casaco cinza. Era o velho que ficava do outro lado da rua.

– O que há de errado com você, Gerry? Onde está a sua educação? – esbravejou a mãe.

Gerry não conseguia falar.

– Não se preocupe, senhora Tooms. O rapaz ainda não se acostumou a ser o centro das atenções. Só está nervoso. Não é todo dia que o seu nome sai nos jornais, não é, garoto? – o senhor Moot interrompeu.

Gerry balançou a cabeça. Não conseguia acreditar que a imagem que ele tinha visto tantas vezes à noite estava agora na sala da sua casa.

– A senhora se importa se eu levar o jovem Gerry até o escritório? Preciso conversar com ele, fazer algumas perguntas, sabe? – o senhor Moot disse, colocando o braço ao redor do garoto, que tremia.

– Claro que não, senhor Moot! Gerry, conte ao senhor Moot tudo o que ele precisa saber. E seja educado! – disse a senhora Tooms, cheia de emoção.

Gerry achou que talvez fosse melhor sair correndo. Ele não fazia ideia do que esse tal de senhor Moot queria. Mas, mesmo que ele quisesse correr, Moot ainda o segurava firme.

Gerry pensou na situação. Apesar dos estranhos acontecimentos das últimas semanas, o velho não havia causado nenhum problema até então. Se Gerry não fosse com ele, talvez jamais descobrisse o que estava acontecendo.

– Não se preocupe, ninguém vai machucar você – Moot disse, olhando diretamente nos olhos de Gerry, com o mesmo sorriso que o garoto estava acostumado a ver da janela do quarto. Isso não o tranquilizou muito.

Gerry abriu a boca e balbuciou, nervoso.

– Tudo bem... Va-va-vamos.

Ainda segurando no ombro de Gerry, Moot saiu com o garoto pela porta da frente, a caminho do jardim. Gerry olhou nervoso para a mãe, que ficou sorrindo, sem saber da situação ou do estado de espírito do filho.

Quando os dois desapareceram na esquina, Gerry virou-se, tirando o braço de Moot de seus ombros.

– Muito bem, então. Qual é a sua? – Gerry perguntou, tentando esconder o medo que estava consumindo seu corpo.

Mas o velho apenas sorriu.

– Isso não é nada engraçado... Não tem graça nenhuma! – Gerry continuou. – O que você quer?

O velho olhou para Gerry.

– Quero você, é claro.

Então, ele recomeçou a andar.

Gerry ficou parado, olhando abalado e confuso para o velho, que seguia pela rua.

"Eu?" – ele pensou. "Como assim, eu?"

Gerry ficou mais preocupado, mas não podia deixar o velho ir embora. Começou a correr e logo o alcançou.

– O que quer dizer com isso? O que você está tramando? – Gerry perguntou, parado diante do velho, bloqueando o caminho.

– Calma, filho, tenha paciência. Siga-me – Moot disse, dando um passo para desviar do menino e seguindo rua abaixo.

Gerry o seguiu, mas ficou alguns passos atrás dele. Nada mais foi dito.

Depois de cerca de dez minutos de caminhada, Moot virou a esquina e parou diante de uma porta grande. Gerry olhou a placa na porta: Notícias da Semana.

Era o escritório do jornal local. Moot pegou uma chave, destrancou a porta e entrou. Gerry o seguiu.

Eles subiram a escada principal e passaram pelas fileiras de mesas. Gerry percebeu que o local estava vazio, completamente vazio. Não havia uma alma viva no lugar.

Gerry olhou para o relógio: sete e dez.

"Claro, acabou o expediente. Todos devem ter ido para casa" – ele pensou.

Por fim, Moot abriu a porta de um grande escritório e entrou. Novamente, Gerry o seguiu. Moot deu a volta em uma mesa de madeira e se jogou numa enorme poltrona de couro, de encosto alto.

Gerry olhou para a mesa, onde havia uma placa triangular de madeira com a palavra "Editor" gravada.

– O que estamos fazendo aqui? – Gerry perguntou, enfim criando coragem para falar de novo.

– Este é o meu escritório, Gerry, fique à vontade. Puxe uma cadeira – Moot respondeu, sorrindo de maneira presunçosa e acendendo um charuto.

– Mas esse... Esse é... – Gerry balbuciou.

– É o meu escritório – Moot se inclinou para a frente. Seu sorriso desapareceu. – Agora ouça, Gerry, o que vou lhe dizer pode parecer inacreditável, mas é tudo verdade, cada palavra. Você precisa acreditar em mim.

Gerry olhou para o velho. De repente, o rosto dele ficou sério, com uma expressão menos ameaçadora, menos firme. Seu tom de voz era mais articulado.

Moot continuou:

– Fui o editor daqui por um tempo, aliás um grande editor, até que ELE me pegou – Moot pareceu acenar com a cabeça um pouco para cima, sem definir uma direção, como se indicasse algum inimigo invisível.

– Eu sabia que ele estava tramando alguma coisa, quase o peguei. Mas ele me pegou primeiro. Não sei como, mas ele conseguiu.

– Do que você está falando? – Gerry interrompeu. As palavras do velho não faziam nenhum sentido para ele.

– O Fantasma da Pensão Carswell! – Moot exclamou, esmurrando a mesa e fazendo Gerry quase saltar da cadeira.

– Quem? – Gerry perguntou.

– O Fantasma da Pensão Carswell, garoto. Eu sabia que tinha algo errado com ele, tive que fazê-lo parar. Ele estava aterrorizando a cidade inteira. Estava se tornando impossível de se viver aqui. Dê uma olhada nisto.

Moot abriu a gaveta da mesa, pegou alguns pedaços de papel e os jogou para Gerry. O garoto começou a observar. Eram recortes de jornais velhos. Gerry leu as manchetes, uma a uma: "Família morre em incêndio não esclarecido", "Doença estranha mata criança", "Vacas morrem afogadas em rio", "Torre de igreja desaba, muitos feridos".

– Tudo levava a ele. Ele foi o culpado disso e de muito mais. Isso é só uma amostra.

Moot virou-se, com as mãos no rosto. Gerry começou a ver lágrimas escorrendo pelas bochechas do velho.

Moot virou-se novamente.

– Todos acharam que eu estava louco... Ninguém acreditou em mim. Mas ele precisava ser detido. As pessoas estavam indo embora da cidade. Achavam que era uma maldição ou algo assim. Mas eu o vi. Falei com ele. Era ele ou eu. Achei que tinha me livrado dele, mas ele me pegou! Ele me matou quando eu estava sentado na minha cadeira de balanço, na minha própria casa, e agora ele voltou!

Gerry viu que o velho falava sério. Ele engoliu em seco.

– Mas, mas... O que isso tudo tem a ver comigo? – ele perguntou, de certa forma temendo ouvir a resposta.

– A cidade está em perigo de novo, Gerry. Ninguém está seguro. Eu era o caça-fantasmas, Gerry, e falhei. Estou fraco demais – Moot disse lentamente, e sua voz foi se transformando em um sussurro.

– Agora, você deve ser o caça-fantasmas – ele continuou. – A segurança da cidade está em suas mãos.

Capítulo 6

As palavras de Moot ainda ecoavam na mente de Gerry, que lentamente caminhava de volta para casa. Eles mal terminaram a conversa e Moot desapareceu, deixando Gerry sozinho na sala do editor. A história de Moot parecia ridícula. Mas, ainda assim, Gerry tinha que acreditar nela. Aquele senhor fantasmagórico era definitivamente real. Gerry sabia que não estava imaginando coisas.

Com certeza, alguns acontecimentos recentes na cidade tinham sido muito estranhos. As pessoas estavam começando a falar de novo sobre uma maldição. Ele mesmo tinha ouvido a mãe e o pai conversarem sobre isso dias antes. Escutou o pai rir de histórias contadas por senhoras. Mas agora havia outra explicação, muito mais sinistra. A situação toda era inacreditável, e Gerry estava no olho do furacão. Ele lembrou da noite em que sua irmã quase morreu no acidente de ônibus.

O motorista do caminhão envolvido no acidente disse que o volante parecia ter vontade própria e virou com tudo, jogando o pesado caminhão na direção do ônibus escolar. Ninguém conseguia explicar.

Quanto mais Gerry pensava nisso, mais ele percebia que as pessoas corriam perigo. Sua própria família estava em perigo. O medo dele começou a se transformar em raiva. Ele pensou de novo na irmã chorando e na mãe chocada ao levá-la para casa. Mais uma vez, ele ouviu as palavras de Zebediah Moot: "Agora, você deve ser o caça-fantasmas".

Gerry começou a andar mais rápido, com mais firmeza. Ele começou a se sentir forte, corajoso e especial, de certa forma, escolhido. Gerry seguiu em frente, sem perceber a estranha sombra escura que o seguia, espreitando dos muros das construções onde as luzes da rua não conseguiam chegar. Escureceu rapidamente, e a lua lutava para sair de trás das nuvens negras que cobriam o céu.

A Cadeira de Balanço

Gerry olhou ao redor. Não tinha ideia de quanto tempo fazia que ele estava longe de casa. Achava que tinha ficado apenas alguns minutos na redação do jornal, mas pareciam ter passado algumas horas. De repente, ele se sentiu vulnerável de novo. Seguiu em frente. Dessa vez, ele teve uma sensação estranha. Começou a andar mais rápido. Sentia uma presença. Era uma sensação desconfortável. Parou e olhou ao redor. Nada. Apertou mais ainda o passo. As lâmpadas da rua mais uma vez lançavam um brilho sinistro no caminho. Ele começou a correr. Ele corria o mais rápido possível, mas não chegava a lugar nenhum. Parou, virou-se e olhou para o outro lado da rua. Enfim, conseguiu ver a sombra escura, que parecia pairar, e depois deslizar tranquilamente. Gerry não conseguia se mexer. Seus músculos se recusavam a reagir. O medo tinha tomado conta de seu corpo de novo. A sombra começou a se mover em direção a ele e tomou forma: um capuz preto, uma capa comprida. Começou a se mover cada vez mais rápido, deslizando em silêncio pela rua, indo na direção dele. Gerry estava paralisado de medo. A estranha visão estava a apenas alguns metros dele. De repente, ela parou, e começou a pairar bem na frente dele. Gerry tentou falar, mas estava com a garganta e a boca totalmente secas.

Lentamente, o vulto escuro ergueu o braço e começou a tirar o capuz. Gerry esbugalhou os olhos, apavorado. Na frente dele, surgiu um rosto, metade esqueleto e metade carne podre, a pele soltando dos ossos. O cheiro era insuportável. Quando ele abriu a boca, saíram milhares de formigas pretas. A criatura começou a rir, cada vez mais alto, até o barulho encher a cabeça de Gerry. Sua mente parecia girar. A visão de Gerry ficou desfocada e suas pernas começaram a cambalear. Ele perdeu a consciência e caiu no chão.

Gerry não fazia ideia de quanto tempo tinha ficado desacordado. Ao se levantar, ele olhou em volta. A rua estava em silêncio. Não havia sinal de ninguém. Ele passou a mão na parte de trás da cabeça. Podia sentir um galo começando a crescer onde sua cabeça tinha batido no chão. O coração ainda estava disparado. A rua agora estava mais clara. Gerry olhou para cima. As nuvens tinham desaparecido e a lua resplandecia. Ele seguiu na direção de sua casa, abalado e perturbado com os acontecimentos da noite. Sua determinação inicial de lidar com aquelas coisas misteriosas foi prejudicada pela estranha visita que ele tinha acabado de receber.

Quando entrou na rua onde morava, Gerry olhou para a velha casa abandonada. Ele viu a cadeira de balanço em movimento. Apertou os olhos para identificar a figura do velho. Mas não viu o habitual cabelo grisalho. Tudo parecia tão escuro. Gerry andou em direção à casa. Precisava obter mais respostas de Moot. Mas, ao se aproximar, ele congelou. A imagem na cadeira de balanço começou a lhe parecer familiar. O mesmo espectro encapuzado que ele tinha visto poucos momentos antes estava sentado na cadeira. Ele se levantou e virou em direção a Gerry. O capuz caiu para trás aos poucos. Era Moot.

– Se quiser assumir o meu lugar, Gerry, você terá que ser mais forte e mais corajoso – o velho afirmou, sacudindo a cabeça.

– Era... você! – Gerry gritou, dando um soco no ar.

– Você precisa ficar mais forte, filho, para ter alguma chance de vencer. Vá para casa. Fique mais forte. Prepare-se. Vou testá-lo mais vezes. Quando estiver pronto, lutaremos contra os fantasmas – Moot declarou, sentando-se na cadeira, balançando para a frente e para trás.

Gerry começou a se afastar lentamente, de costas, pois não queria desviar o olhar do velho. Por fim, deu meia-volta e olhou para sua casa. As luzes dos quartos pareciam muito acolhedoras. Ele precisava se sentir seguro. Olhou de novo para a casa velha. Moot tinha ido embora. A varanda estava vazia. Gerry atravessou a rua e foi para casa, onde se sentia seguro.

Capítulo 7

– Gerry, qual é a resposta? Estamos todos esperando – a professora Martin questionou, impaciente. – Você está me ouvindo?

Gerry estava em outro mundo. Não tinha conseguido se concentrar a manhã inteira. Não tinha trocado uma palavra com Stevie no caminho para a escola e agora sua cabeça estava dominada pelos estranhos acontecimentos do dia anterior.

– Gerry! – a professora perdeu a paciência.

Gerry olhou para cima. O feitiço que o prendia parecia ter sido quebrado.

– Perdão, professora. O que disse? – perguntou, ao perceber que estava incomodando.

– Gerry, não sei o que há de errado com você hoje. O seu projeto escolar... Lembra? Finlândia? Qual é a capital?

Gerry tentou se concentrar e não pensar em mais nada.

– Helsinque, professora – ele respondeu, ajeitando-se na carteira e tentando demonstrar o máximo de atenção.

– Até que enfim! Obrigada, Gerry – a professora comentou, obviamente pouco impressionada com o comportamento dele.

– Muito bem, turma! Peguem suas apostilas: hora de Álgebra – ela anunciou, limpando a lousa.

Houve um burburinho generalizado na classe. Álgebra não era uma matéria muito popular. A professora Martin gostava de testar todos os alunos com equações pavorosas, que só um ou dois acertavam. Gerry sorriu. Ele era um dos poucos escolhidos. Adorava Álgebra. Hora de se concentrar. Ele tinha certeza de que acertaria mais do que Stevie.

Então, ele levantou a tampa de sua carteira escolar desgastada e soltou um grito. Centenas de ratos cinzentos e imundos saíram correndo da carteira e começaram a subir nele, nos braços, nas pernas, no rosto e na cabeça. Gerry se debateu, tentando afastar aquelas criaturas. Mas, quanto mais ele as afastava, mais surgiam da carteira. Estavam todas em cima dele. Ele não conseguia se livrar delas. Caiu e rolou no chão, gritando por socorro a plenos pulmões. Os ratos pareciam estar em todos os lugares. Corriam por dentro e por fora da calça e da blusa de Gerry. Ele sentia sua pele sendo rasgada, mordida por dentes minúsculos e afiados. Os gritos e chiados dos animais eram ensurdecedores para ele.

Em um instante, os ratos desapareceram, tão rapidamente quanto surgiram. O ruído parou de repente. Gerry olhou ao redor. A classe inteira olhava para ele, num silêncio estarrecedor. Ele olhou para cima. A professora Martin estava parada diante dele, com as mãos na cintura e o rosto distorcido por uma careta feroz.

– Mas o que está acontecendo, Gerry? Isso é algum tipo de piada? – a professora indagou, com a paciência esgotada. Ela olhou para a posição ridícula em que o menino se encontrava: a cabeça e os ombros embaixo da carteira, a cadeira chutada para longe, os pés e as pernas esparramados no chão.

– Levante-se. Espere lá fora da sala. Vou ter uma conversinha com você num instante – ela ordenou, apontando para a porta.

Gerry ficou em pé e se limpou. Ele percebeu o deboche e os risos dos colegas de classe. Sentiu o rosto corado de vergonha. Ninguém havia visto nada. Tudo tinha acontecido na cabeça dele, ou tinha sido algum truque preparado por Moot novamente. Ele queria sair da sala o mais rápido possível. Foi em direção à porta, com as pernas ainda bambas. Quando abriu a porta da sala, ele olhou para trás. Eles estavam vindo atrás dele de novo. Centenas de ratos correndo em direção a ele. Ele bateu a porta e segurou-a com força. Gerry fechou os olhos e tentou se acalmar. Ele mal conseguia respirar.

O corredor estava tranquilo, em silêncio. Gerry olhou para a esquerda... Nada. Olhou para a direita, bem a tempo de ver o velho virando a esquina.

– Moot! – Gerry falou, cerrando os dentes.

Tudo aquilo tinha sido outro teste, outra visão para amedrontá-lo. Moot tentava prepará-lo, fortalecê-lo. Gerry não se sentia nem um pouco forte. Estava uma pilha de nervos. Começou a andar de um lado para o outro no corredor, tentando organizar os pensamentos. Moot estava claramente tentando assustá-lo. Era seu jeito de fortalecê-lo. Se Gerry quisesse enfrentar aquele fantasma, teria de lidar melhor com o medo. Teria de ser capaz de lidar com qualquer coisa que pudesse ver. Pela maneira como Moot descreveu o fantasma, estava claro que ele era muito perigoso. Se Gerry não soubesse se controlar ao enfrentar o fantasma, não haveria chance de vencê-lo.

Gerry começou a se sentir melhor. Precisava controlar melhor as emoções. Moot tentaria assustá-lo de novo. Da próxima vez, ele estaria preparado, seria mais forte. Estava começando a sentir que voltava ao normal, quando ouviu a porta da sala de aula se abrir e viu a professora Martin sair.

Depois da aula, Gerry sentou-se nos degraus da entrada principal. E ficou pensando no sermão que tinha acabado de levar da diretora.

"Você precisa se concentrar, rapaz... Precisa tirar essas coisas absurdas da cabeça... Precisa parar com essas maluquices... É uma fase importante da sua vida."

Seus pensamentos foram interrompidos pelos gritos de seu amigo Stevie, que estava parado no portão da escola, com uma bola de futebol embaixo do braço.

– Ei, Gerry, mexa-se, garoto! Vamos nos atrasar. O treino começa em cinco minutos – Stevie gritou, começando a brincar de cabecear a bola.

Gerry se recompôs. Seria bom bater uma bola por um tempo. Relaxaria sua mente. Ele foi olhando ao redor, enquanto atravessava o pátio da escola para se juntar ao amigo. Tinha de permanecer vigilante. Não queria que Moot o pegasse desprevenido de novo.

– Certo, então. Vamos lá! Passe a bola – Gerry pediu, estendendo a mão.

Stevie jogou a bola por cima. Gerry a observou em pleno ar, voando em direção a ele. Esticou-se para pegá-la antes que caísse. Assim que ele tocou na bola, ela mudou de forma. A esfera foi se tornando cada vez mais fina e comprida. Gerry olhou para a mão. Ele agora segurava na palma da mão uma cobra preta, sibilante, de cara distorcida, a boca aberta, exibindo enormes presas mortais.

Gerry estava prestes a pular e lançar a cobra para longe. Mas ele hesitou. Em vez disso, agarrou a cobra com força e a puxou para mais perto dele. Levou a cara da cobra até o rosto dele. Olhou nos olhos do animal.

– Desta vez, não! – ele cochichou, quase sibilando no mesmo tom da cobra. Atirou a cobra no chão. Antes de o animal cair no chão, a forma começou a mudar de novo.

Gerry observou a bola saltar pela rua. Virou-se para o amigo. Stevie não estava em lugar nenhum. Na frente dele, estava o velho, sorrindo como sempre. Gerry estava ciente de que não havia ninguém por perto.

– Muito bem. Está aprendendo. Vá até a varanda hoje à noite, depois de escurecer. Então, conversaremos – Moot disse calmamente.

– Gerry, Gerry, mexa-se! – Gerry virou-se e viu Stevie correndo pela rua. Olhou para o velho.

– Vá em frente, não se preocupe... Estou de folga agora... Sem surpresas – ele avisou, sorrindo. – Lembre-se: hoje à noite. Vou ficar esperando.

Stevie foi até o amigo, tentando recuperar o fôlego.

– O que há com você esses dias? Todos estão no campo. Vamos!

Gerry virou-se e seguiu o amigo. Sentia-se bem. Estava ficando mais forte, conseguia se controlar. Estava realmente começando a curtir o desafio que teria pela frente.

Capítulo 8

Pareceu uma eternidade o tempo que Gerry ficou olhando pela janela. Os pais tinham ido para a cama fazia tempo. Seus olhos começaram a doer, de tanto espionar sob a luz fraca a casa do outro lado da rua. Finalmente, ele podia ver a imagem. Mas, dessa vez, ele manteve a calma. Ele realmente tinha se fortalecido nos últimos dias.

– Sente-se aqui, filho, aos meus pés. Fique fora de vista.

Moot acenou para Gerry, apontando para o chão perto da cadeira. Gerry sentou-se. O velho se inclinou para a frente. Falou lenta e deliberadamente.

– Gerry, preciso que você me ajude. Temos que destruí-lo de uma vez por todas. Como agora sou do mundo dos fantasmas, não posso fazer isso sozinho. Preciso da sua ajuda. Ele pode ver meus movimentos, mas não pode ver os seus.

Pela primeira vez, o velho tinha confirmado que era um fantasma. Isso não afetava mais Gerry. Afinal de contas, depois de tudo que tinha acontecido com ele nos últimos dias, nada mais o surpreendia. Ele realmente tinha se fortalecido nos últimos dias.

– Mas, quem é ele? O que ele é? Como vamos destruí-lo? O que devo fazer? – Gerry falou sem pensar, quase não conseguindo se conter.

– Uma coisa de cada vez, filho. Segure a onda. Escute-me por um momento. Vou explicar tudo – Moot interrompeu, colocando a mão no ombro de Gerry.

O garoto começou a sentir que podia confiar naquele homem, apesar de tudo o que havia passado por causa dele.

– Há vários séculos, o dono da Pensão Carswell, Ronald Carswell, foi assassinado. Ele foi morto pelos moradores da vila que ficava nos arredores da antiga pensão. Durante anos, ele atormentou os moradores, tratando-os mal, cobrando taxas elevadas de aluguel e, muitas vezes, despejando-os de seus lares pelos motivos mais fúteis. Famílias foram arruinadas por causa de seus atos malignos. Os moradores locais o odiavam e imploravam por um tratamento mais digno, mas ele os desprezava. Ele vivia num mundo de riquezas e privilégios. O povo não tinha a quem recorrer. A lei não os ajudava, pois o próprio Carswell era a lei. Ele controlava a polícia e todos os magistrados locais. Por fim, eles resolveram fazer justiça com as próprias mãos. Um grupo de homens invadiu a pensão tarde da noite. Eles capturaram Carswell, amarraram-no e o jogaram no lago. Ele morreu afogado. Contam que, um pouco antes de ele desaparecer embaixo d'água, jurou se vingar da cidade. Disse que não descansaria até destruí-la. Desde então, ele não descansou. De tempos em tempos, ele volta para prejudicar esta cidade e as pessoas que vivem aqui. Ele não descansará enquanto não destruir a cidade... Ou enquanto ninguém o fizer parar.

Gerry ouviu em silêncio a história do velho, prestando atenção em cada palavra.

– Eu estou atrás dele há muito tempo – Moot continuou. – Descobri como controlá-lo, matá-lo e fazê-lo descansar para sempre. Achei que eu tinha conseguido fazer isso, que tinha destruído aquele fantasma. Voltei para casa, para esta mesma casa, animado pelo que acreditava ter realizado. Mas, quando me sentei aqui na minha cadeira, há muito tempo, senti que ele ainda estava por perto. Foi a última coisa que senti. Ele me matou!

– Mas o que aconteceu? Onde você errou? – Gerry perguntou, impaciente.

– Não sei – o velho respondeu. – Simplesmente não sei. O segredo de lidar com ele, e com fantasmas como ele, é a luz. Eles não podem existir na luz. São fantasmas das trevas, que tiram a força da escuridão. São malignos. Quando alguém consegue pegá-los e mantê-los na luz, o poder deles enfraquece e mingua, até desaparecer. Então, os fantasmas morrem e nunca mais retornam. Eu tinha preparado tudo. Ele estava ali, na minha frente. O fantasma parecia definhar e morrer diante dos meus olhos. Mas, de alguma forma, ele deve ter sobrevivido.

– E o que vamos fazer agora? – Gerry perguntou.

– Tentaremos de novo. Só que, dessa vez, vamos garantir que tudo seja feito corretamente. Da última vez, não consegui segurá-lo na luz por muito tempo. Não quero cometer esse erro mais uma vez – Moot respondeu, apertando os punhos e batendo nos braços da cadeira.

– Mas o que você quer que eu faça? – Gerry perguntou, ainda um pouco intrigado com seu papel nesse caso.

– Primeiro, eu tenho um trabalho para você. Se você for até o porão desta casa, vai encontrar muitos espelhos grandes e meia dúzia de refletores. Também vai encontrar um pequeno gerador a diesel. Eu já verifiquei, ainda funciona. Preciso que leve tudo para a antiga pensão amanhã, logo depois da escola. Você vai ter que fazer várias viagens, então comece assim que chegar à sua casa. Temos que estar prontos antes que escureça – Moot orientou o menino.

– Entendo para que servem os refletores, mas e os espelhos? – Gerry perguntou.

– Esses fantasmas não suportam a própria imagem – o velho continuou. – Temos que pendurar os espelhos nas portas e nas janelas da sala de estar da Pensão Carswell. É lá que vamos prendê-lo. Com os espelhos lá, ele não conseguirá escapar pelas portas nem pelas janelas. Juntando as luzes com os espelhos, a luz ficará tão forte, e a imagem dele tão visível cada vez que ele se virar, que logo ele ficará sem poderes. Se conseguirmos mantê-lo assim por 60 segundos, a luz o destruirá, e ele irá embora para sempre.

– Mas ele é um fantasma. Será que não vai atravessar as paredes? Com certeza, ele não precisa de portas nem de janelas! – Gerry perguntou, confuso.

Moot começou a rir.

– Este é o mundo real, Gerry, não o do cinema. Ele é um fantasma, mas seu corpo é real. Você pode tocar nele, pode senti-lo. Ele tem muitos poderes, mas não pode atravessar paredes. Não estamos lidando com o Gasparzinho... – Moot disse, sacudindo a cabeça.

Gerry olhou para o velho. Seu velho rosto começou a ficar animado, decidido.

– E quanto a você, senhor Moot? O que vai acontecer com você? – o jovem perguntou, olhando para o velho na cadeira de balanço e começando a sentir pena dele.

– É por causa dele que estou preso aqui. Preso a esta cadeira, a esta casa, a esta rua, a esta cidade. Não posso descansar até que ele se vá. Livre-se dele e você se livrará de mim também. Dois pelo preço de um. Nada mal, não é? – Moot retrucou, aproximando-se e segurando no ombro de Gerry.

Gerry deu um sorriso e concordou com a cabeça. Sentiu a tristeza do velho.

– Agora, preste atenção em mais detalhes do nosso plano. Quando você for para a pensão amanhã, quero que você...

Por mais uma hora, Moot repetiu as instruções para Gerry, várias vezes. Quando ele terminou, Gerry voltou para casa com a cabeça cheia. Moot tinha avisado para ele como a missão era perigosa. Ele foi para a cama com a certeza de que ficaria acordado a noite inteira, repassando o plano até a manhã seguinte inúmeras vezes em sua cabeça. Porém, não percebeu o quanto estava exausto e pegou no sono em segundos. Ele também não percebeu a sombra da cadeira de balanço na parede. Desta vez, o velho parecia cuidar dele, protegendo-o.

Capítulo 9

No dia seguinte, ele conseguiu evitar mais problemas com a professora Martin. Na aula, prestou atenção apenas o suficiente para não ficar encrencado, mas foi muito difícil. Como podia se concentrar em algo com a noite que teria pela frente? Várias vezes, ele quase contou tudo a Stevie, mas conseguiu se conter. Assim que as aulas terminaram, ele foi direto para casa, trocou de roupa, pegou a bicicleta e foi para a velha casa abandonada, para começar seu trabalho.

A Pensão Carswell ficava atrás de algumas árvores, na parte mais distante do parque, no fim da rua de Gerry. Ele já tinha passado por lá muitas vezes quando ia jogar futebol com os colegas no campo, mas nunca tinha chegado muito perto. Era um daqueles lugares de que ninguém queria se aproximar. Embora a pensão estivesse vazia havia anos, a administração da cidade a tinha conservado razoavelmente bem, na esperança de vendê-la para algum comerciante rico ou para algum empreendedor que pudesse transformá-la em um centro de lazer, spa, hotel ou alguma coisa similar. Mas nunca conseguiram vendê-la. Por alguma razão, nenhuma venda se concretizava. Sempre que o comprador em potencial chegava perto de fechar a compra, ele misteriosamente desistia.

Gerry fez sete viagens de ida e volta à pensão, puxando um carrinho acoplado atrás de sua bicicleta, para levar todos os equipamentos do porão de Moot até o local. Ele demorou mais do que o planejado, pois precisava verificar se seus pais não estavam por perto. Ele lhes havia dito que iria ao cinema com Stevie.

Quando deixou a última carga em frente à enorme porta principal da pensão, ele olhou para o relógio: seis e meia da tarde. Estava atrasado. Levaria uma hora, pelo menos, para montar tudo. Às oito horas, tudo estaria escuro. Moot avisou que cada coisa deveria estar no lugar certo antes que escurecesse. Ele falou muito sério a respeito disso. Seria um trabalho difícil. Ele abriu a porta grande. Teve que usar toda sua força para se espremer e entrar. Já do outro lado, abriu um pouco mais a porta, para ter espaço suficiente para levar todo o equipamento para dentro. O rangido da porta ecoou pela casa vazia.

Gerry olhou ao redor. De repente, sentiu-se muito só. Em frente a ele, um grande salão de entrada levava à base de uma ampla escadaria. No topo da escadaria, olhando diretamente para a porta de entrada, estava pendurado o enorme retrato de um homem de aparência feroz, montado num maravilhoso cavalo branco. A imagem parecia dominar todo o salão. Gerry imaginou que o retrato seria de Ronald Carswell, o patrão assassinado.

À esquerda do salão, ficava a sala de estar. Era lá que Gerry devia instalar o equipamento. Ele caminhou em direção à enorme porta. Entrou lentamente. A sala estava escura. Havia uma grande janela na frente da sala, duas portas que davam para o salão de entrada e outra que dava para a biblioteca. Ou seja, quatro possíveis rotas de fuga para o fantasma maligno. Gerry tinha que colocar os espelhos nesses pontos. Ele pregou um espelho na parte de trás de cada porta e dois na janela. As luzes tinham que ser posicionadas em todos os cantos da sala, apontando para o centro. Gerry trabalhou sem parar. A última coisa que fez foi ligar o cabo das luzes ao gerador. Isso foi mais difícil do que parecia, pois a tomada do gerador estava cheia de pó e o pino continuava caindo. Depois de Gerry limpar a tomada, o pino ficou no lugar. Tudo estava pronto, exatamente como Moot havia orientado. Uma volta na chave do gerador, e o local estaria cheio de luz.

O garoto enfiou a mão no bolso. Moot tinha pedido para que ele deixasse a chave em posição, pronta para o momento certo. Não havia nada lá. Gerry tentou o outro bolso. Nenhuma chave!

O coração de Gerry estava batendo tão forte que parecia que iria explodir.

– Mas onde foi que... – ele cochichou, ficando bravo com ele mesmo.

Como podia ser tão descuidado e estúpido? Gerry correu para o salão de entrada e saiu pela porta principal. Correu até o carrinho, procurando a chave. Nem sinal dela. Ele precisava encontrá-la. De repente, alguma coisa se mexeu no arbusto à esquerda dele. Gerry congelou. Abaixou-se atrás do velho carrinho. A passos curtos, um pequeno gato preto saiu de trás do arbusto, olhou para Gerry e foi embora.

Gerry deixou escapar um suspiro alto e se levantou. Ele mal conseguiu enxergar o gato indo embora. De repente, percebeu que já havia escurecido. Entrou pela porta de novo. Mas, assim que fez isso, ele viu o vulto parado no topo da escadaria. Quem quer que fosse, não percebeu a presença de Gerry. Ele estava em pé de frente para o enorme retrato. O menino deslizou silenciosamente para trás de um armário ao lado da porta.

Gerry espiou da lateral do armário. Analisou o homem no topo da escadaria. Era o mesmo homem do retrato, com as mesmas botas pretas de cano longo, calças de montaria, casaco vermelho e chapéu emplumado. Gerry não conseguia ver o rosto, mas tinha certeza de que era ele, Ronald Carswell.

Gerry olhou para a sala de estar. Não havia jeito de ele ir até lá sem Carswell reparar nele. Sabia que agora estava de fato em apuros. Tentou pensar, mas, ao se inclinar para trás, ele bateu com a cabeça numa espada que estava pendurada na parede atrás dele. O barulho estrondoso ecoou pela sala. Carswell se virou. Gerry se encolheu atrás do armário.

– Quem está aí? – Carswell perguntou, enquanto seus olhos examinavam o salão abaixo dele. – Apareça e morra, quem quer que tenha se atrevido a entrar na minha casa.

Gerry não conseguia parar de tremer. Seria seu fim, com certeza.

Ele podia ouvir Carswell descendo a escadaria, suas pesadas botas de montaria emitindo um arrepiante eco por toda a casa.

De repente, a porta principal se escancarou. Gerry olhou e só conseguiu ver as pernas de alguém que estava parado na entrada.

– Ah... Moot. Você de novo? Vá embora, saia da minha casa, seu verme – Carswell zombou.

Gerry estava assustado demais para olhar.

– Carswell, a sua hora chegou. Desta vez, não vou falhar – Moot disse, com a voz cheia de autoridade.

– Não me faça rir, velhote. Vá embora e me deixe em paz, estou cansado de você. Saia da minha frente! – Carswell exigiu.

Gerry colocou a cabeça para fora. Moot começou a andar em direção a Carswell, que tinha descido o último degrau.

Os dois inimigos se encararam. Então, sem qualquer aviso, Carswell ergueu o braço e acertou o rosto do velho, derrubando-o no chão.

Carswell começou a rir. Uma gargalhada alta de arrepiar que encheu a casa inteira. Carswell levantou o velho e o atirou com força contra a parede.

– Não posso matá-lo novamente, mas posso fazer o seu corpo doer até você implorar por misericórdia.

Carswell gritou, em cima de Moot, pronto para atacá-lo de novo.

Gerry não aguentava mais ver aquilo. Tinha que fazer alguma coisa. Saiu de trás do armário e correu para a porta da sala de estar.

Carswell se virou bem no momento em que Gerry saltou pela porta.

– O que é isso, mais um intruso? Você também vai morrer – Carswell esbravejou. Ele olhou para Moot e rosnou: – Cuido de você mais tarde...

Gerry se escondeu atrás de um sofá grande, e Carswell entrou na sala de estar, que estava muito escura. Gerry começou a engatinhar lentamente para longe da porta, tentando permanecer escondido. Quando ele apalpava o caminho com os dedos, de repente tocou em alguma coisa fria. Olhou para baixo: era a chave do gerador, que devia ter caído de seu bolso quando ele estava preparando a sala. Ele a agarrou com força.

Carswell inspecionou a sala, tentando encontrar o intruso. Começou a identificar as estranhas peças do equipamento espalhadas na frente dele.

– Vocês estão perdendo tempo, seus idiotas. Apareçam, seus covardes! – o velho fantasma maligno gritou em tom ameaçador, começando a perceber o que os intrusos haviam preparado.

Gerry ficou tenso, com a chave na mão. Ele tinha de chegar ao gerador. Carswell estava na porta, ao lado do gerador, encoberto pela escuridão.

De repente, Carswell começou a voar. Ele abriu os braços e as pernas e se atirou ao chão. Moot entrou cambaleante pela porta, com um atiçador de fogo na mão. Ele se jogou em cima de Carswell.

– Rápido, Gerry, as luzes! – Moot gritou.

Gerry aproveitou a oportunidade. Num piscar de olhos, estava perto do gerador. Ele inseriu e girou a chave. O motor ganhou vida. Num instante, a sala ficou cheia de luz. Gerry cobriu os olhos. A claridade o cegava.

Carswell gritou. Foi um grito mortal, agonizante. Ele levantou Moot e jogou-o do outro lado da sala. Gerry só conseguia ver um vulto cambaleante se contorcendo no meio da sala. Para qualquer lado que Carswell virasse, havia luzes. Os raios de luz penetraram seu corpo, no fundo de sua alma. O fantasma perturbado saltou para a janela grande, planejando se atirar dela, mas recuou cambaleando ao se deparar com sua própria imagem maligna.

Gerry olhou para a porta da sala de estar. Ainda estava aberta. Carswell também percebeu e disparou do outro lado da sala, em busca da última saída possível. Parecia que ele estava voando. Gerry fechou a porta bem a tempo. Carswell gritou, enquanto seu rosto distorcido olhava para ele do espelho atrás da porta.

Gerry viu a imagem aterrorizante gemer e cambalear na frente dele.

Por fim, o fantasma caiu no chão, com o rosto retorcido em agonia. Aos poucos, a imagem começou a sumir, derretendo, até finalmente desaparecer, sem deixar vestígios. O barulho dos berros de Carswell cessou, e a sala ficou em silêncio. Gerry esperou, prendendo a respiração.

Ele precisava ter certeza. As luzes brilhantes continuavam acesas.

– Acabou, garoto. Ele se foi. Você conseguiu – Moot falou com a voz embargada, levantando-se. – Depois de 300 anos, a vila está livre dele.

Gerry não conseguia se mexer. Seu corpo estava paralisado, pregado na parede da sala de estar.

O velho abraçou o jovem caça-fantasmas.

– Vamos, Gerry. Vamos para casa.

Capítulo 10

Gerry inclinou-se na cadeira e voltou a pensar naquela noite. Não tinha esquecido aquela aventura de quase 50 anos atrás, quando ele derrotou o fantasma maligno da Pensão Carswell. Ainda se sentia bem com isso, orgulhava-se muito disso. "Já faz tanto tempo" – ele pensou.

Olhou o recorte de jornal na parede de seu escritório: "Vitória da escola local na Copa: 5 a 4 na cobrança de pênaltis".

Gerry sorriu. As memórias tomavam conta de sua cabeça.

A porta abriu. Uma criança entrou correndo, perturbando os pensamentos de Gerry.

– Senhor editor, senhor editor... Houve um arrombamento na fábrica de computadores. Acabamos de ouvir no rádio da polícia.

– Jimmy, vá cobrir isso. Já está na hora de você fazer uma reportagem – Gerry disse, acenando para o rapaz sair.

– Obrigado, senhor editor, não vou decepcioná-lo – o jovem aspirante a repórter respondeu animado.

– Jimmy, não me chame de senhor editor. Quantas vezes vou ter que repetir? É Gerry – ele informou.

– Sim, senhor, senhor editor – Jimmy respondeu, correndo para a porta.

Gerry observou o jovem repórter e sorriu. Lembrou-se de sua primeira tarefa. Foi uma reportagem sobre uma epidemia de sarampo na velha escola. Ele próprio acabou adoecendo. Ficou de cama uma semana. O antigo editor já suspeitava que isso fosse acontecer.

A senhorita Cullen, secretária de Gerry, enfiou a cabeça no vão da porta.

– Precisamos de mais gente, Gerry. Não estamos dando conta. Está um caos aqui. Ah! Era o senhor Collins do antiquário no telefone. Ele vai entregar a cadeira de balanço na sua casa em 20 minutos.

– Obrigado, Linda. Estou de saída agora. Prometo reforçar a equipe em breve – Gerry disse, arrumando sua mala, tentando acalmar a secretária.

A Cadeira de Balanço

No fim de semana anterior, Gerry tinha visto uma velha cadeira de balanço que parecia exatamente a que o senhor Moot possuía anos atrás. Ele não resistiu e a comprou. Desde então, não conseguiu mais parar de pensar em sua aventura de caça-fantasmas com Moot na velha pensão. Era estranho, já que ele não havia pensado naquilo por muitos anos. De fato, a última vez que a história lhe tinha passado pela cabeça tinha sido 20 anos antes, quando ele comprou e reformou a velha casa de Moot em frente à casa de seus pais. Agora, ele parecia obcecado por tudo aquilo de novo. Não conseguia tirar aquelas coisas da cabeça.

– Certo, vou embora, Linda. Até amanhã – Gerry acenou e saiu do escritório.

– Tchau, Gerry – a senhorita Cullen respondeu sem levantar a cabeça.

Gerry chegou em casa bem a tempo de ver o senhor Collins descarregar a cadeira de sua van.

– Por aqui, Stan, na varanda – Gerry apontou para o lugar onde a cadeira devia ficar.

– Essa coisa pesa uma tonelada, Gerry. É madeira maciça, dura como a sua cabeça – o senhor Collins gemeu enquanto levava a cadeira para a varanda.

– Foi feita para durar uma eternidade, Stan, assim como eu – Gerry disse, batendo na cabeça alegremente.

– Vai durar muito mais tempo que você. Acredite em mim – o senhor Collins acrescentou, enxugando o suor da testa.

– Muito obrigado, Stan. Estes velhos ossos ainda têm muita vida pela frente. Eu até apostaria uma corrida com você, valendo dinheiro... Que tal? – Gerry desafiou o bom amigo.

– Está brincando? Estou exausto, e só levantei uma cadeira. Estou fora! – o senhor Collins respondeu, sacudindo a cabeça e subindo na van.

– Tchau, Stan. Muito obrigado! – Gerry gritou, acenando para ele.

Gerry foi para a varanda, prestes a experimentar a nova aquisição, quando o telefone começou a tocar.

– Caramba... – ele murmurou, entrando em casa.

– Gerry Tooms – ele atendeu.

– Senhor Tooms, aqui é o Sammy. Desculpe incomodá-lo em casa, senhor, mas não sei o que fazer.

Sammy era o subeditor de Gerry e estava cobrindo o turno da noite no escritório.

– O que foi, Sammy, não dá para esperar? – Gerry perguntou, irritado por ter de trabalhar até em casa.

– Senhor Tooms, recebemos relatos de problemas na antiga Pensão Carswell. Os operários que estavam trabalhando lá estão relatando acontecimentos estranhos de todo tipo. Um deles está desaparecido. Quero enviar alguém até lá, mas não temos ninguém. O que devo fazer, senhor?

Gerry começou a rir.

– Sammy, quantas vezes já fomos àquela velha casa ao longo dos anos por causa de todo tipo de histórias estranhas e fantasiosas? Será inútil, como sempre. Os fantasmas de lá foram embora há muito tempo... – ele disse, sorrindo e pensando em suas façanhas anteriores.

– Mas... senhor... – Sammy insistiu.

– Deixe quieto por enquanto, Sammy. Vamos mandar alguém de manhã. Isso pode esperar até lá – Gerry interrompeu.

– Certo, chefe – Sammy concordou, relutante.

Gerry desligou o telefone. Seu sorriso desapareceu. A Pensão Carswell ainda lhe dava arrepios. Nos últimos dias, ocorreu uma série de relatos intrigantes de várias pessoas, descrevendo visões e sons estranhos. Era normal ouvir um ou dois relatos por ano sobre a pensão desde que ele havia começado a trabalhar no jornal. Mas eram sempre trotes. De repente, o número e a frequência dos relatos começaram a aumentar. Talvez fosse hora de investigar melhor.

Gerry pensou na equipe. Acontece que não havia gente suficiente para a tarefa. Ele decidiu que estava na hora de conseguir mais ajuda. Ele sorriu.

"Precisamos de um novo caça-fantasmas ou, pelo menos, de um caçador de histórias de fantasmas" – ele pensou.

Seus pensamentos foram interrompidos por um barulho na varanda. Gerry foi ver o que era. Não havia ninguém lá. Gerry olhou para a cadeira de balanço recém-adquirida. Ela balançava para a frente e para trás.

"Engraçado" – Gerry pensou. "Não há um sopro de vento no ar."

– Hora de colocar os pés para o alto e descansar esses ossos velhos – ele murmurou , enquanto se sentava na antiga cadeira.

Ele começou a balançar a cadeira lentamente. O movimento relaxante foi limpando sua mente, as pálpebras dele começaram a fechar devagar sobre os olhos cansados. Ele começou a sentir tontura e o estômago embrulhando. Sentiu uma dor irritante no pescoço, uma dor que passou logo em seguida. Seus olhos começaram a fechar.

Antes de apagar completamente, olhou ao redor. Viu um menino observá-lo da janela do outro lado da rua. Um garoto assustado, de aparência familiar, olhava para ele por trás das cortinas.

Capítulo 11

Gerry acordou de repente. Não se sentia muito bem. Olhou o relógio. Estava parado. Ele devia ter dormido na cadeira a noite toda. Rapidamente se trocou e se arrumou para ir ao trabalho. Perambulando pela casa, ele sentiu que alguma coisa estava diferente. Ele se sentia muito diferente. Havia um estranho cheiro de mofo no ar. Gerry olhou em volta. A casa parecia totalmente suja, desarrumada. A decoração, de certa forma, parecia velha e antiquada. Gerry sacudiu a cabeça.

"Esse lugar precisa de uma boa limpeza" – ele pensou, andando até a porta e trancando-a.

Conforme ele andava pelo jardim, percebia o mato crescido, a grama muito alta.

"Tenho passado tempo demais no trabalho" – ele pensou.

Vinte minutos depois, Gerry estava em sua mesa. O escritório principal estava movimentado, mas ninguém tinha reparado nele. Era uma mudança notável. Normalmente sua sala se enchia de gente assim que ele entrava pela porta. Ele gostou da paz e do sossego daquela manhã. Ele parecia outra pessoa, não se sentia bem desde que acordou. Fechou os olhos, tentando impedir a cabeça de girar.

– O que estamos fazendo aqui?

Gerry abriu os olhos. Diante dele, havia um rapaz que parecia um pouco hesitante. Ele tentou organizar seus pensamentos. Estava em busca de novos funcionários. A senhorita Cullen provavelmente tinha marcado alguma entrevista. Ele sentou-se e apontou para uma cadeira no canto.

– Esta é a minha sala, garoto. Sinta-se em casa. Puxe uma cadeira – Gerry disse, de modo automático.

Essas palavras soaram familiares, mas Gerry não conseguia explicar o porquê. Ele olhou para o jovem na frente dele. Tinha certeza de que estava reconhecendo o menino de algum lugar, mas não se lembrava de onde. Sua cabeça ainda girava.

Algo muito estranho estava acontecendo. O que havia de errado com ele? Era como se ele estivesse flutuando, parecia um sonho.

Gerry olhou para fora da janela de sua sala, na direção do escritório principal, atrás do menino. O local estava agitado. Ele conseguia ver Linda parada em frente à mesa, falando com um repórter. Gerry começou a gritar para ela:

– Linda, você pode vir aqui um minuto? – ele estava com a garganta seca e precisava beber algo. – Linda, venha cá, por favor.

Ela não se mexeu. Continuou a conversar com o repórter. Parecia agitada, aborrecida.

Gerry sentou-se de novo em sua poltrona e fechou os olhos. Alguma coisa estava errada com ele. Olhou para o garoto.

– Vá para casa, garoto. Aconteceu alguma coisa. Entrarei em contato quando precisar de você – Gerry disse sem abrir os olhos.

Ele ouviu o barulho da porta. Estava sozinho.

Gerry levantou-se e foi até a porta.

– Linda, um minuto, por favor – ele chamou a secretária.

Ainda assim, ela continuou conversando.

– Linda, pelo amor de Deus! – Gerry ergueu a voz, impaciente, indo até a mesa dela.

A senhorita Cullen não reagiu. Ele se inclinou para tocá-la, mas sua mão passou direto através dela. Ele tentou de novo: a mesma coisa. Era como se ele estivesse num sonho. Ele não conseguia acreditar naquilo! Ela não parecia notar que ele estava ali. Ele olhou o escritório à sua volta. Ninguém parecia saber que ele estava lá. Era como se ele fosse invisível.

– Alguém está me ouvindo? – Gerry gritou a plenos pulmões.

Ninguém esboçou a menor reação. Gerry reparou em duas ou três mulheres chorando, consolando umas às outras. Ele correu na direção delas.

– O que foi? O que aconteceu? – ele perguntou.

Era inútil. Elas não conseguiam ouvi-lo.

Gerry estava confuso. Era como se ele estivesse em outro mundo, num mundo sombrio. Ele fechou os olhos. Sacudiu a cabeça, tentando acordar do pesadelo em que parecia estar. Não adiantou. Ele se jogou numa cadeira próxima e apoiou a cabeça nas mãos. Quando olhou na mesa, as palavras impressas no jornal o atingiram como um raio.

"Editor morre em acidente estranho. Cai da cadeira de balanço e quebra o pescoço."

Gerry ficou pasmo. Embaixo da manchete estava sua própria foto.

– Não... NÃO! – ele gritou, esmurrando a mesa.

Gerry se levantou. Ele não conseguia acreditar naquilo. Com certeza era alguma piada, algum pesadelo. Ele atravessou o escritório e saiu no salão de entrada.

Ele escancarou a porta do banheiro, encontrou uma pia e abriu a torneira. Sentia-se mal, começou a jogar água fria e refrescante no rosto. Sentiu-se melhor. Olhou no espelho. Ele estava horrível. Seu rosto estava cinzento, e os olhos, inchados. Viu o crachá de identificação pendurado no bolso da camisa. O sobrenome dele refletido no espelho lhe pareceu estranho. Observou melhor. Ele conseguiu ler claramente "TOOM S" no reflexo. Não era possível.

O sangue se esvaiu de seu rosto. Ele removeu o crachá e segurou-o nas mãos: "TOOMS" havia se tornado "Z MOOT".

"Mas... isso é impossível!" – Gerry pensou.

– Não, não é. É bem possível – uma voz fria cochichou em seu ouvido.

Gerry se virou. A figura diante dele era inconfundível.

– Carswell... Você? Não pode ser... – Gerry tentou falar, com as palavras grudadas na garganta.

– Sim, sou eu mesmo. É a nossa vez de novo – Carswell disse, com o rosto distorcido por uma carranca medonha.

A cabeça de Gerry começou a girar. Ele tinha que escapar, tinha que fugir dali. Sua visão ficou desfocada. Ele sentiu que ia desmaiar. Quando abriu os olhos novamente, a escuridão era total. Ele estava sentado em sua cadeira de balanço, na velha varanda abandonada. A luz amarela do poste lançava um brilho estranho na rua. Ele olhou na janela em frente. Gerry conseguia vê-lo parado lá. Ele sabia exatamente como o menino se sentia e o que pensava. Ele se lembrava muito bem. O garoto olhou de novo. Gerry precisaria da ajuda dele. Teria que entrar em contato com ele. Sorriu para o menino, ergueu a mão e começou a acenar lentamente.

A hora havia chegado de novo. A história tinha recomeçado.

Esperamos que você tenha gostado desta história de Edgar J. Hyde. Aqui estão outros títulos da série *Hora do espanto* para você colecionar:

A colheita das almas

O doutor Morte

O escritor fantasma

O espantalho

Feliz dia das bruxas

O piano

A Colheita das Almas

Os Grimaldi, uma assustadora família com maus comportamentos e que sempre se veste inteiramente de preto, mudam-se para a vizinhança de Billy e Alice.

Logo depois, a mãe, o pai e seus vizinhos começam a agir de maneira muito estranha, como se de repente eles se tornassem malvados. As crianças e seus amigos, Ricky e Alex, logo são as únicas pessoas normais que sobram no bairro, em meio a ladrões, encrenqueiros e matadores.

A cidade toda, controlada pelos Grimaldi, não demora a perseguir as quatro crianças para capturar suas almas e completar a "colheita".

O Doutor Morte

Alguma vez você já foi ao médico com uma doença sem importância só para descobrir que iria piorar muito em seguida?

É exatamente isso o que acontece com Josh Stevens e seus amigos. Eles deixam de ser uma turma de adolescentes saudáveis para se tornarem despojos pustulentos, fedidos e ensebados, depois que, por coincidência, passam por uma consulta com o encantador e elegante doutor Blair. As espinhas medonhas de Josh vão colocar em perigo o futuro encontro dele com a adorável Karen, mas existem "remédios" muito mais sinistros no armário do "bom" médico.

Será que Josh e seus amigos conseguirão impedir o doutor Morte de realizar seu plano funesto?

O Escritor Fantasma

Charlie é um aluno com talento para escrever, mas nem mesmo ele consegue se lembrar de ter escrito todas aquelas palavras que aparecem em seu bloco de notas!

Parece que uma história está sendo contada nas páginas do texto manuscrito, mas quem está fazendo a narrativa e por quê?

O diretor da escola de Charlie está se mostrando um pouco interessado demais no bloco de notas e não parece muito contente. Conforme Charlie investiga, descobre que as coisas são piores do que ele jamais poderia imaginar. Você alguma vez já se assustou com o diretor de sua escola?

Eu quero dizer: ficou realmente assustado?

O Espantalho

Não é raro pessoas se tornarem fortemente apegadas ao lugar onde nasceram... Mas um espantalho?

Uma série de acidentes misteriosos na nova fazenda da família Davis faz David suspeitar de que há uma relação entre eles. Será que existe alguém, ou alguma coisa, por trás desses eventos macabros?

Quanto mais David investiga, mais ele quer manter a boca calada... Até que o terrível segredo do espantalho seja revelado!

Feliz Dia das Bruxas

Samanta, Tiago e Mandy são irmãos. Os pais deles decidem descansar um pouco em uma tranquila aldeia no fim de semana do Dia das Bruxas. Os adolescentes estão muito preocupados, pois ficar em uma aldeia chata vai estragar a brincadeira de travessuras ou gostosuras.

Com certeza, o Dia das Bruxas será bem diferente do normal, mas longe de ser uma chatice!

Samanta descobre um velho livro de feitiçaria e rapidamente percebe que é capaz de controlar perigosos poderes. Então, ela é levada para um mundo terrível e sinistro de magos e bruxos, e precisa escapar de lá ou perderá a vida.

O Piano

A família Houston acredita ter encontrado uma grande pechincha quando compra um belo piano por um preço muito baixo.

Mas o piano parece ter vontade própria. Na verdade, não importa qual música as pessoas tentem tocar, ele sempre executa sua própria e triste melodia.

O que o piano tenta dizer ao mundo?

Será que os Houston levaram algo mais além da pechincha?

E quem seria o compositor da bela, mas perturbadora, música que o piano insiste em tocar?

Conheça outros títulos da coleção